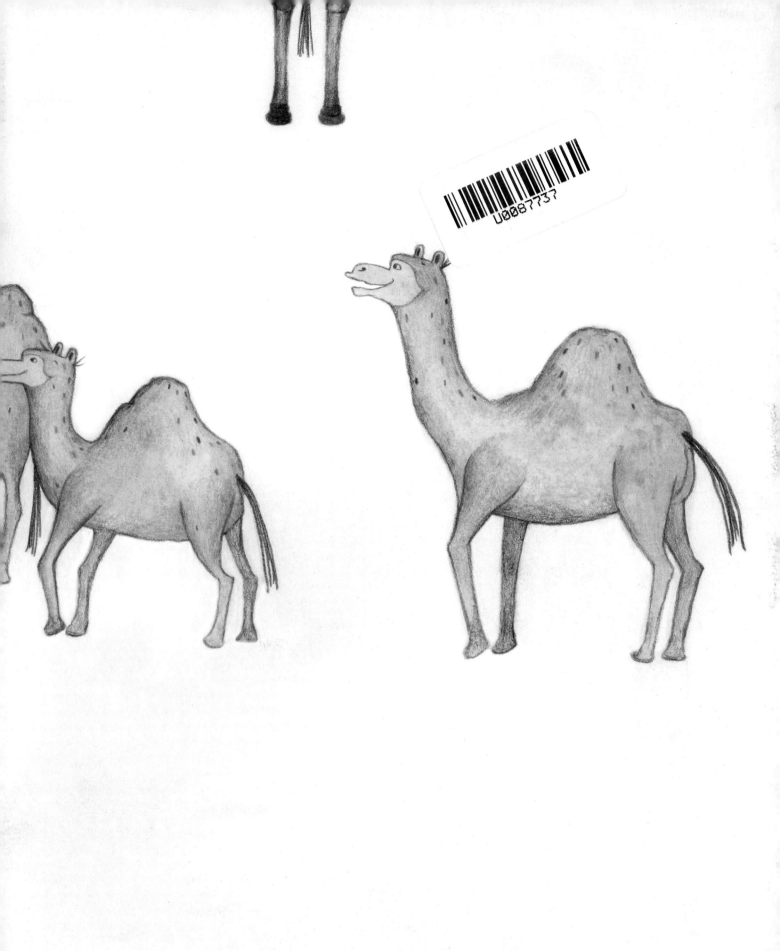

獻給蘇珊，妮薩，和瓦拉
—— A. S.

獻給菲力克斯，晏時，和艾菲，
謝謝你們讓我看見這麼多不同的事物。
—— P.-Y.C.

三個戒指的寓言是德國作家萊辛 (Gotthold Ephraim Lessing) 所寫的戲劇《智者納坦》(Nathan der Weise) 的主軸。他在該作中呈現出三個主要宗教——猶太教、基督教和伊斯蘭教彼此間的互相寬容。安東妮·許奈德從這部重要的世界文學作品得到靈感，編織出她的兒童版戒指寓言。

安東妮·許奈德出生於德國明德爾海姆市，從小喜愛圖書和故事。她至今已出版六十多本書，翻譯成多國語言，包括為成人及兒童寫的詩集，獲得國際讚譽和許多獎項。她現為自由作家，住在德國、奧地利和瑞士三國交界的地方。

張蓓瑜出生於臺灣臺北市，畢業於東吳大學德國文化學系、輔仁大學語文與德國文學研究所，隨後遠赴德國，進入明斯特大學的博士班研究「文學中的混沌理論」，卻在那裡發現自己對於書籍插畫的興趣。2012 年進入明斯特應用技術大學的設計學院研讀視覺傳達設計和插畫。她的第一本繪本《班雅明先生的神祕行李箱》獲得高度關注與好評。目前她住在德國明斯特市。

© 雪是誰的？

文字／安東妮·許奈德　繪圖／張蓓瑜　譯者／柯倩華
責任編輯／徐子茹　美術編輯／許瀞文
出版者／三民書局股份有限公司　發行人／劉振強
地址／臺北市復興北路386號(復北門市)　臺北市重慶南路一段61號(重南門市)
電話／(02)25006600　網址／三民網路書店https://www.sanmin.com.tw
書籍編號：S859131　ISBN：978-957-14-6775-7

2020年2月初版一刷

Wem gehört der Schnee?
written by Antonie Schneider and illustrated by Pei-Yu Chang
© 2019 NordSüd Verlag AG, CH-8050 Zürich/Switzerland
Chinese translation right © 2020 San Min Book Co., Ltd.

安東妮・許奈德 / 文　　張蓓瑜 / 圖　　柯倩華 / 譯

雪是誰的？

三民書局

耶路撒冷下雪了！所有的駱駝都很驚訝。

教堂高塔的尖頂變成白色的。清真寺的圓頂宛如
戴上一頂白帽子，而哭牆則像披了白色的毯子。
孩子們都興高采烈，因為只要下雪，就不必上學。
不過耶路撒冷很少下雪。

昨天夜裡，耶路撒冷卻下雪了。

今天早上，許多士兵、商人、信徒、
朝聖者和觀光客全都匆匆走過白雪覆
蓋的街道。

士兵帶著武器，修女拉緊長袍，信徒
戴好帽子，而觀光客忙著拍照。

教堂的鐘聲響起，清真寺的宣禮員高
聲召喚信徒祈禱，商人叫賣著他們的
商品。

孩子們在巷子裡玩，想要劃分寶貴的雪。

「你可以到那邊去。」薩米爾對拉斐說。

「這條是界線。」米拉說，一邊用樹枝在雪地上畫了一條線。拉斐、米拉和薩米爾各自堆起他們的雪堆，然後站在旁邊守護。

可是，雪漸漸融化了。

孩子們看著彼此手裡的雪，看不出有什麼
不同，但是他們認為一定有差別。
白色的雪。純淨的白。
「我們一定要弄清楚哪個才是真正的雪。」
米拉說。
「還有它應該屬於誰。」拉斐說。

「我去問伊瑪目導師，」薩米爾說。「他知道答案！」

他雙手捧著雪，跑向清真寺。

「我去問神父，」米拉說。「他知道答案！」

她用帽子裝了雪，跑向教堂。

「我去問拉比。」拉斐說。他用背包裝滿雪，跑向猶太會堂。

「來吧，給我看你的雪。」神父說。
可是米拉的手裡只有一頂溼帽子。

「給我看你的雪。」
伊瑪目導師說。
可是薩米爾只有一雙
溼答答的手。

「給我看你的雪。」
拉比說。
可是拉斐的手裡只有一
個溼淋淋的背包。

「雪是一個奧祕。」拉比說。
「一個奧祕，就像神。」伊瑪目導師說，
「祂在那裡，雖然你觸摸不到祂。」
「如果你覺得自己可以證明奧祕，」神父說，
「你就失去它了。」

孩子們都很難過。
他們兩手空空的回到巷子裡。
現在，那裡只剩下一灘一灘的水，
流淌在石頭間。
「雪到哪裡去了？」米拉問。
「我們應該趁雪還在這裡的時候
好好享受。」拉斐說。

「我們應該只要
玩雪就好了。」薩米爾說。
「現在沒有了。」米拉說。
「而且沒有人知道什麼時候
會再下雪。」拉斐說。
　　所有人都知道，耶路撒冷很少下雪。
　　已經傍晚了，孩子們在回家的路上，陷入沉思。

忽然，又開始下雪了！
大家都跑出來，讚嘆這奇妙的景象。
拉比、伊瑪目導師、神父、士兵、信徒、
朝聖者、觀光客、商人，還有動物，
甚至連玫瑰花都抬起頭來，讚嘆這奇妙的景象。

整個世界變得非常安靜。
下了很多很多雪，
落在每個人身上。